Lively art accompanies the favorite tale of *Little Red Riding Hood.* Retold in both Spanish and English, this universally familiar story is a springboard for inspiring early readers and older learners alike to recognize Spanish and English words. The striking illustrations give new life to this classic while the bilingual text makes it perfect for both home and classroom libraries.

Relatado en español e inglés, el universalmente conocido cuento de *Caperucita Roja* es un punto de partida para inspirar a lectores jóvenes y a estudiantes adultos a reconocer palabras en ambos idiomas. Las bellas ilustraciones le dan una nueva vida a este clásico favorito de todas las edades. Además, el texto bilingüe hace que este libro sea perfecto para usar en el hogar o en bibliotecas escolares.

First paperback edition published in 1999 by Chronicle Books LLC.

Adaptation ©1993 Francesc Boada.
Illustrations ©1993 by Pau Estrada.
Spanish/English text ©1999 by Chronicle Books LLC.
Originally published in Catalan in 1993 by La Galera S.A.
under the title *La caputxeta vermella*.
All rights reserved.

Bilingual version supervised by SUR Editorial Group, Inc.
English translation by James Surges.
Bilingual typesetting and cover design by Vandy Ritter.
Typeset in Weiss and Handle Old Style.
Manufactured in China.

Library of Congress Cataloging-in-Publication Data
Rotkäppchen, English & Spanish
Little Red Riding Hood = Caperucita roja / by the Brothers Grimm ;
illustrated by Pau Estrada.
p. cm.
Summary: A little girl meets a hungry wolf in the forest while on her
way to visit her sick grandmother.
ISBN: 0-8118-2562-0 (pb) 0-8118-2561-2 (hc)
[1. Fairy tales. 2. Folklore—Germany. 3. Spanish language materials—
Bilingual.] I. Grimm, Jacob, 1785–1863. II. Grimm, Wilhelm, 1786–1859.
III. Estrada, Pau, ill. IV. Little Red Riding Hood. English & Spanish. V.
Title. VI. Title: Caperucita roja.
PZ74.R68 1999
398.2'094302—dc21
99-21354

Distributed in Canada by Raincoast Books
9050 Shaughnessy Street, Vancouver, British Columbia V6P 6E5

10 9 8 7

Chronicle Books LLC
85 Second Street, San Francisco, California 94105

www.chroniclekids.com

LITTLE RED RIDING HOOD

CAPERUCITA ROJA

BY THE BROTHERS GRIMM

ILLUSTRATED BY PAU ESTRADA

chronicle books · san francisco

Once upon a time, there lived a little girl called Little Red Riding Hood.

Everyone loved her, but it was her grandmother who loved her most of all. One day her grandmother made her a riding hood of red velvet. The girl liked the gift so much that she never took it off. And that's why people called her Little Red Riding Hood.

―――――

Había una vez una niña llamada Caperucita Roja.

Todo el mundo la quería mucho, pero su abuelita era la que más la quería. Un día, su abuelita le hizo una caperuza de terciopelo rojo. A la niña le quedaba tan bien que nunca se la quitaba. Por eso todos la llamaban Caperucita Roja.

One day her mother said to her,
"Here, Little Red Riding Hood, I want you to take this basket to Grandmother. There's a jar of honey and a pie inside. Be very careful when you go into the forest. Head straight to your grandmother's house and don't dally along the way." Grandmother lived far off in the heart of the forest.

Un día su madre le dijo:

—Caperucita, quiero que vayas a ver a la abuela para llevarle esta cesta. Dentro hay una jarrita de miel y un pastel. Pero ten mucho cuidado cuando entres en el bosque: ve derecho a casa de la abuelita y no te entretengas por el camino.

La abuelita vivía muy lejos en el corazón del bosque.

When Little Red Riding Hood reached the forest, the wolf came out to meet her and said,

"Hello there, Little Red Riding Hood. Where are you off to so early?"

"I'm going to Grandmother's house. She isn't well, and I'm taking her this jar of honey and a pie."

"Where does your grandmother live?"

"She lives far off in the forest, in the house beneath the three oaks."

~

Cuando Caperucita llegó al bosque, el lobo salió a su encuentro y le dijo:

—Hola, Caperucita, ¿adónde vas tan temprano?

—Voy a ver a mi abuelita, que no se siente bien. Le llevo una jarrita de miel y un pastel.

—¿Dónde vive tu abuelita?

—Vive en el bosque muy lejos, en la casa que está bajo los tres encinos.

The wolf thought, "I'll eat well today if I hurry! First the grandmother and then the little girl for dessert. She's a tender morsel, I'll bet!"

But out loud, he said, "You're in such a hurry, Little Red Riding Hood. You don't even notice how beautiful the forest is. Look! Look at the flowers of every color, hear the birds that sing in the treetops, see the rays of sun that shine through the leaves."

"It is beautiful," the girl agreed. And she added, "I'll just gather some flowers for Grandmother. She loves them so much."

She began to pick flowers, while listening to the birds singing in the treetops, and admiring the rays of sun shining through the leaves.

"Good-bye, Little Red Riding Hood," said the wolf.

And while the girl picked flowers, he ran off toward her grandmother's house.

"Si me apuro, hoy comeré muy bien," pensó el lobo. "Primero me comeré a la abuelita y de postre a la niña, ¡que debe estar muy tiernecita!"

—Ibas muy rápido, Caperucita —dijo el lobo en voz alta—. Ni te has dado cuenta de lo bonito que es el bosque. Aquí hay flores de todos los colores, pájaros que cantan en los árboles y los rayos del sol que juguetean entre las hojas…

—¡Es cierto! —respondió la niña. Y luego añadió: —Haré un ramillete para la abuelita porque le gustan mucho las flores.

Y empezó a cortar flores mientras escuchaba el canto de los pájaros y admiraba el brillo del sol entre las hojas.

—Adiós, Caperucita —dijo el lobo.

Y aprovechó que la niña se habia quedado recogiendo flores, para correr hacia la casa de la abuela.

The wolf knocked at the door.

"Who is it?" Grandmother asked.

Putting on a high voice, the wolf said,

"It's Little Red Riding Hood. I've brought you a jar of honey and a pie."

"Come in, come in. The door is open. I'm not well, and I can't get out of bed."

El lobo llamó a la puerta.

—¿Quién es? —preguntó la abuela.

Y el lobo, afinando la voz, dijo:

—Soy Caperucita Roja. Te traigo una jarrita de miel y un pastel.

—Entra, entra. La puerta está abierta. Yo estoy enferma y no puedo moverme de la cama.

The wolf opened the door, ran to Grandmother, and GULP! swallowed her whole.

Then he put on her nightgown and sleeping cap and climbed into her bed to wait for the little girl.

El lobo abrió la puerta, corrió hacia la abuela y, ¡ZAS!, se la tragó de un solo bocado.

Después se vistió con el camisón y el gorro de dormir de la abuela y se metió en la cama a esperar a que llegara la niña.

Before long, Little Red Riding Hood arrived at the little house beneath the three oaks, carrying a pretty bunch of flowers.

She thought it was a little strange that the door was standing open.

"It's me, Grandmother. Little Red Riding Hood," she called. But no one answered.

———

Al poco tiempo, Caperucita Roja llegó a la casita bajo los tres encinos, con un hermoso ramo de flores en la mano.

Le extrañó un poco encontrar la puerta abierta.

—Soy yo, abuelita. Caperucita —dijo en voz alta.

Pero nadie contestó.

Little Red Riding Hood stepped slowly inside.
When she saw Grandmother in bed, she said,
"Why Grandmother! What big ears you have!"
"The better to hear you with."
"Why Grandmother! What big eyes you have!"
"The better to see you with."
"Why Grandmother! What great big teeth you have!"

Caperucita se acercó poco a poco a la cama de la abuela y al verla le dijo:
—¡Ay, abuelita! ¡Qué orejas tan grandes tienes!
—Son para oírte mejor.
—¡Ay, abuelita! ¡Qué ojos tan grandes tienes!
—Son para verte mejor.
—¡Ay, abuelita! ¡Qué dientes tan grandes tienes!

"The better to eat you with!"

And with that the wolf snatched up Little Red Riding Hood and GULP! swallowed her whole. Sleepy after such a large meal, he lay down for a nap and began snoring away.

—¡Es para comerte mejor!

Y entonces el lobo atrapó a la niña y, ¡ZAS!, se tragó a Caperucita de un solo bocado.

Satisfecho después de una comida tan abundante, el lobo se echó a dormir y empezó a roncar.

It so happened that a hunter was passing by.
   "My goodness," he thought, "how the old woman is snoring today! I wonder if she's ill."

Pero por suerte, pasaba por allí un cazador.
   "Caramba" pensó. "¡Cómo ronca hoy la viejecita! ¿Será que está enferma?"

The hunter went into the house and saw the wolf asleep.

"Aha! Now I've got you, you scoundrel!"
He took up Grandmother's big scissors, cut open the wolf's belly, and out came the relieved and grateful Grandmother and Little Red Riding Hood.

"How terrible it was in there! So dark!" cried the girl. She ran out and came back with two big stones. She stuffed them into the wolf's open belly and closed it up again, sewing it shut, good and tight.

El cazador entró a la casa y vio al lobo dormido.

—Al fin te encuentro, malvado. ¡Ahora verás la que te espera!

El cazador tomó las enormes tijeras de la abuelita, le abrió la panza al lobo y de allí salieron contentas la abuela y Caperucita.

—¡Qué miedo! ¡Estaba todo tan oscuro! —dijo la niña y se fue corriendo a buscar dos grandes piedras. Las metió en la barriga abierta del lobo y la volvió a cerrar, cosiéndola bien cosida.

When the wolf awoke, he jumped up to run away, but the weight of the stones brought him down. The wolf fell dead on the spot, never to rise again.

Little Red Riding Hood, Grandmother and the hunter were very happy. The hunter kept the wolf's fur, Grandmother shared the honey and the pie, and Little Red Riding Hood went straight home, without dallying along the way.

～

Cuando el lobo despertó, dio un salto para salir corriendo, pero el peso de las piedras le hizo caerse y allí mismo quedó muerto para siempre.

Caperucita, la abuela y el cazador se pusieron muy contentos. El cazador le quitó la piel al lobo, la abuela compartió la miel y el pastel, y después Caperucita Roja se fue derecho a su casa, sin detenerse en el camino.

Also in this series:

Cinderella

Goldilocks and the Three Bears

Jack and the Beanstalk

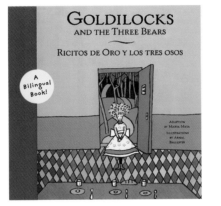
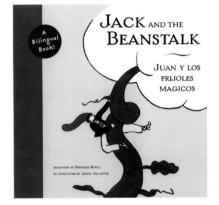

También en esta serie:

Cencienta

Ricitos de Oro y los tres osos

Juan y los frijoles mágicos